Ye

95863

LE RUSSE

A PARIS.

Petit Poëme en vers Alexandrins, imité de M. IVAN ALÉTHOF, composé au mois de Vendémiaire an VII.

PAR

M. PETERS-SUBWATHÉKOFF,

ARRIVÉ DE RASTADT,

BEAU-FRÈRE DE M. ALÉTHOF;

Mis en lumière avec des notes critiques et politiques, pour se conformer aux tems et aux mœurs, par GUILLAUME VADÉ, ex-membre de l'ex-Académie de Besançon.

Vexat censura colombas.
JUVENAL.

IMPRIMÉ A PARIS, AVEC APPROBATION ET PRIVILÉGE.

AN VII.

. . . . Quemvis mediâ erue turbâ ;
Aut ob avaritiam ; aut miserâ ambitione laborat ;
Hic nuptarum insanit amoribus , hic puerorum ;
Hunc capit argenti splendor : stupet Albius ære.

HORACE.

PRÉFACE

DE M. SUBWATHÉKOFF.

Tout le monde doit savoir que je suis natif de Moscow, et que je suis venu à Paris pour me perfectionner dans l'étude de la nation et de la langue française. J'ai reçu de mon beau-frère Aléthof des leçons dont je crois avoir profité. En 1760, il a composé un petit poëme en vers alexandrins, intitulé *le Russe à Paris.*

Je vous fais cadeau, M. Guillaume Vadé, parce que vous êtes un ex - académicien et par conséquent un homme de goût, du nouveau *Russe à Paris*, lequel est mon ouvrage. J'ai adapté à ce Russe quelques hémistiches et même des vers entiers du Russe de mon beau - frère, par respect pour sa mémoire. Ce sont les diamans de Virgile enfouis dans le fumier d'Ennius. Je le dis, pour ne pas ressembler à vos poëtes, à vos auteurs qui, semblables à des frélons, vont furetant et pillant par-tout, et afin qu'ils ne m'accusent pas injustement de plagiat,

J'honore votre nation, je l'admire ; mais

j'aime à la critiquer , parce qu'elle aime à faire rire à ses dépens.

Sifflez-moi librement , je vous le rends , mes frères.

Vous tirerez de ce mauvais poëme tout le parti dont il est susceptible , ainsi que me l'a dit l'envoyé de Russie à Rastadt : mais je ne vous le remets que sous la condition que vous le dédierez à qui de droit. Le poëme doit passer sous les auspices de la dédicace, et la dédicace à la faveur du poëme. Vous l'embellirez de quelques notes instructives , pour faire rire les esprits caustiques. Si cet ouvrage insignifiant obtient quelque succès , même auprès des personnes qu'il fronde , je vous confierai dans peu de tems quelque chose de plus sérieux , et d'un style beaucoup plus châtié. De pareils ouvrages , M. Guil- laume Vadé , ne peuvent manquer de faire ma gloire et votre fortune. *Vale.*

DÉDICACE

AUX MEMBRES DU DIRECTOIRE.

CITOYENS,

C'était d'abord mon intention de faire l'hommage du petit poëme *du Russe à Paris,* composé par un Russe, à l'Empereur de toutes les Russies, comme c'est l'usage : mais j'ai songé que les gouvernemens impériaux, monarchiques, aristocratiques, olygarchiques et despotiques, sont plus ingrats que les gouvernemens républicains, et que l'offrande de ce petit poëme devait me mériter quelque reconnaissance :

Javais jetté les yeux sur ma femme pour honorer sa tendresse et publier la mienne, mais elle hait les vers, depuis que tant de femmes se croient des Sapho, et que tant de misérables versificateurs défigurent, épouvantent les Muses.

Je voulais dédier le *Russe* à ma fille, tout de même que Poultier ci-devant moine, ex-législateur, aujourd'hui marié, et *de présent*

chef de brigade, dédia ses discours déca-
daires à sa fille ; mais ma fille n'a que vingt-
trois mois, elle balbutie à peine les doux
noms de papa et de maman ; elle n'enten-
drait pas mieux le poëme d'un Russe, que
la fille de Poultier n'entend les discours dé-
cadaires de son papa.

Je songeai à ma cousine, Catherine Vadé ;
mais comme c'est une grande grecque, elle
ne veut plus entendre parler de vers français,
et faits par un Russe, depuis qu'elle a lu
Anacréon, *Pervilium Veneris ;* l'art d'aimer
d'Ovide et de Bernard, depuis qu'elle à lu
Sophocle, Racine, Mahomet et la Pucelle ;

Fatigué de mes irrésolutions, je me suis
dit à part : moi pour me faire connaître dans
le monde, et bienvenir des gens en place,
flattons dans cette dédicace un homme puissant par son crédit, son rang et sa fortune,
dédions lui l'ouvrage d'un Russe, et je ne
vis d'homme puissant à flatter que le secré-
taire - général du Directoire, le citoyen
Lagarde. Mes éloges et les parfums qui s'exha-
leront de ma dédicace, me mériteront ses
bonnes graces et sa protection, et l'on ne par-
lera plus dans le monde que des dédicaces,
des parfums, des éloges, et de la puissance

de Guillaume Vadé ; mais tout-à-coup j'eus souvenance que depuis le 18 fructidor, le secrétaire-général témoigne un goût exclusif pour les éloges funèbres et le *Dies iræ*, et qu'il est tourmenté d'une insurmontable douleur à la vue des épîtres dédicatoires et de vers alexandrins ;

Ensuite je fus tenté de prier certains députés d'antichambre de se charger de présenter, sans mot dire, ma dédicace et le poëme du Russe par le Russe Subwathékoff, mais je fis la réflexion bien juste et très-conséquente que, des hommes pétris d'ignorance, bouffis de bassesses, couverts d'iniquités, et plus plats que ma dédicace, ne pouvaient pas être chargés d'en faire l'hommage , et je retirai ma motion ;

Comme un chêne battu par des vents contraires, *nunc hinc, nunc flatibus illinc* (pardon si je vous parle latin) , je ne savais plus à qui offrir le poëme Russe de mon Russe , quand tout-à-coup le dieu des intrigans me suggéra l'idée de le consacrer , au moins, à un des cinq Directeurs. Cependant cette sublime idée s'évanouit quand je pensai que j'allais m'attirer, par cette démarche mal-adroite, inconséquente, anti-diplomatique la haine des quatre autres ; et il n'est rien au monde que je redoute autant que la collère d'un Directeur, parce qu'ils sont infiniment bons et que la flatterie leur déplaît ;

Enfin par un mouvement, une inspiration que je ne puis attribuer qu'à mon génie protecteur, je me suis irrévocablement déterminé à faire aux cinq Directeurs *en masse*, le très-humble hommage du petit poëme du *Russe à Paris*, composé par un Russe.

Finalement c'est en vos mains propres, citoyens Directeurs, que je dépose et remets l'ouvrage du Russe Subwathékoff ;

Quoniam vos estis lux mundi, puisque vous êtes la lumière du monde, ainsi que le disait fort bien le petit père André à une congrégation de capucins,

Quoniam vous êtes redoutables et tout-puissans ; que des bayonnettes, des canons, des cavaliers, des hussards entourent votre palais, rendent vos personnes inaccessibles, ce qui démontre évidemment votre popularité,

Quoniam vous avez à côté de vous un pouvoir législatif qui, pour votre bon plaisir, fait et défait les lois , et en vous-même une puissance exécutrice , ce qui est la preuve irréfragable de l'équilibre des pouvoirs constitués et de leur indépendance ,

Quoniam vous avez la faculté illimitée d'enchaîner la liberté de la presse , de disperser les imprimeries , de persécuter les écrivains amis de la Liberté , ce qui prouve très-clairement que vous vous éloignez avec affectation de tous les actes qui peuvent avoir quelque ressemblance avec le gouvernement d'un seul , avec les approbations de monseigneur le chancelier de Meaupou , avec les priviléges du roi signés Lebègue ,

Quoniam vous avez à vos ordres des armées aussi nombreuses que Xercès , que vous renversez les couronnes , et chassez devant vous les monarques frapés de terreur , comme le vent chasse la paille ,

Quoniam vous faites et défaites les constitutions , aussi promptement que Dieu fit la lumière *et facta est.*

Quoniam vous commandez aux colonies avantageuses , libres et fertiles que vous avez en Afrique , dans l'Asie et l'Amérique , et que votre politique , votre sagesse , votre sublimité vous mériteront dans peu la perpétuité de la puissance directoriale et l'empire de l'Europe entière : ce qui prouve le besoin, les bienfaits et l'éternité du congrès de Rastadt.

Quoniam vous avez en quatre ans amassé autant de trésors que Crésus ; et que votre économie, votre prévoyance rassurent nos cœurs sur l'emploi et les répatitions qu'il vous est libre de faire des richesses des nations ; car vous allez à pied comme des pélerins et vous n'avez ni maisons, ni chateaux, ni terres immenses ; car votre sollicitude paternelle prévient les besoins du mérite, des talens, du patriotisme ignorés et dans l'indigence ; car vos parens, vos protégés, vos commensaux n'affichent autour de vous, ni le luxe des cours, ni l'insolence des parvenus ; car nulle part on ne voit de pauvres et vos flatteurs laissent parvenir jusqu'à vos oreilles la voix de la justice et de la vérité, les accens du malheur et de la nécessité,

Quoniam denique, puisqu'enfin vous êtes les dieux de la terre, que vous n'avez pas peur de la foudre dont vous êtes dépositaires; que vous changez d'un mot la face des empires, l'esprit des nations, le caractère des

[11]

hommes, que vous remuez le globe comme Jupiter, au simple mouvement du sourcil, *omnia supercilio moventis* et que nous sommes glacés d'effroi, dans l'attente de ce qui va nous arriver en floréal prochain.

Cette dédicace devrait être une occasion de vous parler de moi et du courage que je déploye en cette occasion, mais je n'aime ni à flatter comme vous venez de le voir, ni à me flatter ; et parlant à vous et de moi, je ne pourrais que faire l'un aux dépens de l'autre. *Atqui* je me tairai pour finir ma dédicace, qui doit vous causer des ennuis : les éloges écrits n'ayant devant vous aucuns parfums.

Ergo, je me prosterne bien humblement à vos pieds ; j'y dépose, en tremblant, le petit poëme du Russe, composé par un Russe ; persuadé que les louanges que l'on vous y distribue, étant beaucoup mieux assaisonnées que les miennes, elles vous charmeront davantage et seront agréables au public, en même tems qu'il se divertira du gros bon sens d'un homme né au milieu des glaces du Nord.

Salut et respect,

GUILLAUME VADÉ.

LE RUSSE A PARIS.

Vous avez donc quitté cet éternel congrès,
Où de la politique épuisant les secrets,
Des ministres profonds, tortueux casuites,
Avocats empesés, et graves publicistes,
Amusant le public par d'illustres débats,
Règlent, depuis neuf mois, le sort de vingt états;
Et voilant leurs projets du plus grossier mystère
Nous bercent tour-à-tour ou de paix ou de guerre ?
Venez-vous à Paris, Malmesbury nouveau
Jouer nos Directeurs et voir madame Angot (1) ?

— Voyageur inconnu, frappé de vos conquêtes,
Je viens vous admirer, me mêler à vos fêtes.

— Nos exploits, il est vrai, remplissent l'Univers,
Au nom de liberté nous brisâmes nos fers :
Le Français triomphant proclame sa victoire,
Et cent peuples vaincus attestent notre gloire.
Hélas ! tant de lauriers, cueillis chez nos voisins,
En arrivant chez nous sont flétris par nos mains.
Tandis que de Nelson l'audacieux génie
Va brûler nos vaisseaux aux mers d'Alexandrie;
Que Paul, déjà fameux, des rois coalisés
Allume de nouveau les esprits courroucés ;
Et resserrant les nœuds de cette ligue impie,
Dépêche à François II tous ses soldats d'Ingrie ;
Et que nos Directeurs, politiques dupés,
A garder le pouvoir sont sans cesse occupés (2).

Ah ! qu'admirez - vous sur ce triste rivage ?
De sacrilèges mains ont détruit notre ouvrage.

— Je viens pour admirer un peuple de héros ,
Brisant d'indignes fers , immolant ses bourreaux ;
Sur les débris fumans d'une antique couronne
Relevant de ses droits la première colonne :
Et cet illustre corps d'immortels sénateurs (3).
Si forts dans les dangers , si grands dans les malheurs ,
En un vaste arsenal changeant la France entière ;
Enflâmant d'un décret la jeunesse guerrière ;
Créant en un seul jour cent mille bataillons ,
Qui du sang Prussien arrosaient vos sillons.
Oui , je viens admirer ces troupes immortelles ,
Des Alpes franchissant les cîmes éternelles ,
Combattant à la voix d'un heureux Annibal.
Rien ne peut résister à leur glaive fatal :
Lody , le Pô , le Tibre , et l'Adige et Mantoue
Sont de faibles remparts dont leur valeur se joue.
Envain , pour ranimer de Wurmser éperdu ,
Et de l'Aigle tremblant le courage abattu (4) ,
Des bords sanglans du Rhin , arrive un jeune prince ,
Noble espoir des Césars , appui de la province ; . . . .
Aux gorges du Tyrol , Charles tout effrayé
Va cacher , sans espoir , son front humilié. . . . .
Mais bientôt défiant le trident britannique ,
Abordent vos guerriers au rivage d'Afrique ,
Chassent les Beys altiers , font pâlir le Sultan ,
Et s'ouvrent le chemin du fertile Indostan. . . . .

C'est peu pour le Français , au bruit de son tonnerre ,
De semer la terreur , d'épouvanter la terre ,
D'attacher à son char des tyrans détrônés ,
Des généraux vaincus et des rois enchaînés :

Cette gloire à son cœur n'a que de faibles charmes.
Mais des peuples tremblans il calme les allarmes (5),
Aux peuples asservis redonne tous leurs droits,
Protège l'artisan , dicte de sages lois ;
Dans le sein de Paris , en son séjour tranquille ,
Aux arts épouvantés il prête un sûr asyle ,
Et de lauriers couvert, d'une honorable paix
Aux rois humiliés propose les bienfaits.
Voilà d'un, peuple humain la plus douce victoire ,
Le plus noble triomphe et la plus belle gloire.

Sans doute un heureux sort a suivi tant d'exploits ?
Vos magistrats puissans , par d'équitables lois
Dans vos murs appauvris ramènent l'abondance ,
Et veillent , sans repos , au bonheur de la France ?
Les immenses trésors , chez vos voisins conquis ,
De splendeur et d'éclat ont dû remplir Paris ?

— Nos Directeurs prudens, toujours pleins de tendresse,
Conservent ces trésors pour les jours de détresse.
Sept ans de guerre ont fait le peuple malheureux ,
Et , comme eux , nous fuyons un luxe dangereux.

— Quels jeux charment vos cœurs fatigués des orages?

— Mais . . . on nous divertit par de jolis messages.
Puis dans de vastes champs au dieu Mars consacrés (6),
Pour doubler nos plaisirs des jeux sont préparés.
Là , le coursier Normand au coursier de Limoges
Dispute la victoire et nos bruyans éloges :
Là , sur des chars guidés par de savantes mains ,
On voit les Grecs heureux devancer les Romains.
Après ces jeux piquans qu'avec pompe on étale ,
Luttent sous deux couleurs tous les forts de la halle ;
Tels jadis , des Romains dans les plaisirs fameux ,
Combattaient dans le cirque et les verts et les bleux.

Enfin environné de puissance et de gloire ,
De foudres , d'escadrons paraît le Directoire.
Le canon retentit , les parfums ont brûlé.
Monsieur le président... paix... parle... il a parlé.
Des cris , des chants guerriers et nos impertinences
Chassent dans leur palais les cinq intelligences.
Un globe impatient et qu'on retient captif ,
Du peuple curieux fixe l'œil attentif :
Il brûle de partir , il agite ses chaînes. . . .
Rival de l'Aigle altier , dans les célestes plaines
Il trace avec orgueil un vol majestueux.
C'est fini , nous dit-on , allez , soyez heureux.
Cependant quand la nuit, plus tranquille et plus sombre,
Sur cette belle ville a répandu son ombre ,
De leur tubes brûlans sortant avec fracas ,
Mille feux variés jaillissent en éclats ;
Et du ciel obscurci dissipant tous les voiles ,
Embrâsent l'atmosphère et tombent en étoiles.
Pour nous distraire aussi , l'on parle des octrois ;
Et Villers et Bailleul , ennemis de tous droits ,
Sur les quatre élémens calculant nos ressources ,
Des impôts productifs ont assigné les sources.

—Ce sont de grands esprits. Mais quand cinq rois ligués
Cherchent à terrasser vos soldats fatigués ;
Quand le Napolitain , l'Autriche infatigable ,
Le farouche Ottoman , le Cosaque indomptable
A vous faire la guerre épuisent leurs trésors ,
Et pour vous subjuguer unissent leurs efforts ;
Quand du superbe Anglais l'éclatante fortune
Rapporte d'Aboukir le trident de Neptune ;
Quand son Or , créateur de vos civils combats
Porte le feu , le fer , le meurtre en vos états ;

Vos modernes Sully , si féconds en finance ,
Du Russe et de l'Anglais sauveront-ils la France ?
L'Or se combat par l'Or ; et ce sont des soldats
Qu'il leur faut opposer et non de vains débats.

— Tous ces avis sont bons à des têtes stériles.
De plus vastes projets , des travaux plus utiles
Occupent nos momens.

     — Quoi donc ?

       — Les factions ?

Les choix futurs du peuple avec les scissions ,
Les conspirations et le monstre anarchique
Se montrant chaque jour sous couleur monarchique.
De Lycurgue-Lépeaux le code Cisalpin ,
De Barras les amours , et les lois de Merlin ,
De Rewbell les trésors , de Treilhard les mémoires
De ces tems glorieux rempliront les histoires.
Sur l'aveugle avenir nos esprits détrompés ,
Du choix d'un directeur déjà sont occupés ;
Et pour ce digne choix on voit notre assemblée
Par deux partis puissans depuis long-tems troublée.
Nous aimons à savoir si Schérer hors de soi (7)
Perdait chez Périgord , prenant l'As et le Roi ,
Quatre mille louis ; cadeaux pour fournitures
Sans honneur acceptés , prodigués sans mesures.
Nous aimons à prôner les aimables appas
Qui gouvernent la France et nos cinq magistrats ;
Joueurs , nous maudissons la fortune perfide
D'un terne renversant l'espérance solide.
Que dit-on dans Moscow de ces faits importans ?

— Ils n'ont point pénétré chez nos froids habitans ,
Et le Nord d'où je viens n'en a point de nouvelle.

Quoi ! de l'*Ami des Lois* , la gazette immortelle ,
Ce *Lemaire* si pur , si probe , si moral (8) ,
L'instructif *Rédacteur* , l'éblouissant *Fanal* ,
Guidant vers vos climats leur fraternelle course
N'ont pas encore vu les sept astres de l'Ourse ?

— Non.

       — Quoi ! vous ignorez ces sublimes talens ?

— Ils nous sont inconnus.

           — Les sots ! les ignorans !
J'avais cru que du Czar l'héritier de Génie ,
Paul , avait dissipé la nuit de sa Patrie ?

— Notre nuit est profonde. Et sur ces bords je viens
Rechercher des savans les doctes entretiens.
Les modernes talens que je voudrais connaître ,
Devant un étranger craignent-ils de paraître ?
D'Emile et de Brutus les auteurs immortels
N'ont-ils pas des égaux dans ces tems solemnels ?
Leurs disciples , marchant sur leurs fécondes traces ,
Aujourd'hui sont-ils donc indignes de leurs places ?

— Non. Les divins lauriers , par ces maîtres cueillis ,
Sont sur leurs chefs brillans plus verds, plus annoblis.
Nous avons des auteurs renommés par leur verve.

— Nommez-moi ces esprits que protége Minerve.

— Montesquieu-Puyravaux , Petitot-Crébillon ,
Et Le Tasse-Baour et Baudin-Cicéron ,
Et Tacite-Fantin et Palissot-Ménandre ,
Et Martial-Pillet et Pippelet la tendre ,
Laya , Ségur , Villiers et cent noms glorieux (9)
Par leurs écrits profonds éclipsent leurs aïeux.

L'un aimable en ses vers , nerveux avec molesse ,
Sur le ton d'un Young , peint l'Amour la tendresse ;
Et l'autre impétueux , s'élançant au hasard ,
Du désordre de l'ode enseigne le grand art.
Ils font par l'histoire en style de physique ,
Habillent du jargon de la métaphysique
Melpomène et Thalie ; et dans tous leurs discours
Des traits de la chymie empruntent le secours ;
Par des livres obscurs répandant la lumière ,
Du bon sens ébloui reculant la barrière ,
Dans les ténèbres même éclairant leurs lecteurs.

— Je n'ai point encor lu ces solides auteurs ;
Et je vais vous parler comme un lourd Moscovite.

J'applaudis aux talens , j'honore le mérite ;
J'aime beaucoup l'esprit , la raison , le droit sens ,
Et les tons naturels , neufs , variés , piquans ,
La grâce à la finesse , au sentiment unie.

Cet homme universel , dont le vaste génie ,
Des sciences perçant le cercle radieux ,
D'Homère répétait les airs harmonieux ;
Sur un ton plus badin , du chantre de Ferrare
Accordait le doux Luth et la gaieté bisarre ;
Arrachait à l'erreur , aux superstitions ,
Leur homicide glaive ; et chez les nations
Lançait les feux sacrés de la philosophie ;
Rendait aux opprimés l'innocence et la vie ;
D'ornemens naturels embellissait Clio ;
Et couronné de fleurs par les mains d'Erato ,
Alliait la justesse à l'aimable saillie ,
Déguisait le bon sens sous la plaisanterie ;
Et du tendre Racine , au tombeau descendu ,
Sur la scène éveillant le génie éperdu ,

De l'amour d'Orosmane exprimait les allarmes
De Mérope tremblante éternisait les larmes ,
Et du fier Mahomet retraçant les fureurs ,
Du sacré fanatisme étalait les horreurs ;
Et des tems et des lieux franchissant tout l'espace ,
Entre Phédre et Cinua s'élevait au Parnasse ;
Par Lucette et Larnac serait-il éclipsé (10) ?

— Vous parlez de Voltaire ? Oh ! son règne est passé.
Nos auteurs sont plus fins , notre humeur plus tragique.
Racine était galant , Voltaire était comique.
Nous sommes ennuyés de leurs faibles ressorts ;
Il faut , pour nous toucher , de terribles efforts.
Un auteur , s'il ne craint de paraître barbare ,
Doit montrer son héros , dans les feux du Tartare ,
Enlevant Proserpine , assassinant Caron ,
A la nage passant le Stix et l'Achéron.
Un tragique écrivain , sans craindre qu'on le berne ,
Doit promener gaîment de caverne en caverne
Le public enchanté ; n'offrir aux spectateurs
Que tombeaux et gibets , moines , morts et voleurs.
Son esprit créateur ne connaît point de gêne ;
L'Olympe est son empire , et l'Enfer son domaine.
Sous de honteuses lois le Cothurne rampant ,
Relevé par ses soins , marche enfin triomphant ;
Et riches de beautés , ses scènes mémorables
Offrent , pour nous charmer , des traits épouvantables.
Nouvel Eschyle , il veut , cédant à sa fureur ,
Frapper tout le public d'allarme et terreur ,
Voir mourir les enfans , faire accoucher la mère ,
Ebranler le théâtre , écraser le parterre.
Nous avons Nicolet , Ophis , madame Angot ,
Le Moine , Franconi , Moncassin et Kanko.

Le léger vaudeville et l'opéra comique
Soutiennent tout l'éclat de notre République.
A ce brillant tableau reconnaissez nos mœurs ,
La gloire des beaux arts , la force des auteurs
Eternels monumens de ma fière Patrie.

— Je sens de ce discours toute la raillerie ;
Je vous comprends fort bien. Le siècle qui s'enfuit ,
A tant de jours brillans fait succéder la nuit.
Il en est des talens comme de la finance ,
La disette aujourd'hui suit de près l'abondance.
Je vois du mauvais goût l'empire destructeur
Chasser loin de Paris Melpomène et sa sœur.
Mais les arts , languissant dans cette décadence ,
D'un triomphe nouveau n'ont-ils pas l'espérance ?
L'Institut , dans le Louvre , a des dieux immortels
Relevé le saint temple , affermi les autels :
Thélusson suit les lois du dieu de l'harmonie : (11)
Parmi ces beaux esprits n'est-il plus de génie ?

— Depuis près de deux ans notre espoir est déçu.
Nos vœux blessent le Ciel ; nous n'avons rien reçu.
Mais puisqu'enfin je dois parler avec franchise ,
Ecoutez à présent la vérité précise.

Qu'un génie apparaisse en ces murs odieux ,
Contre lui tout-à-coup cent êtres furieux ,
Infâmes Tigellins , vont par la calomnie
Empoisonner le cours de son illustre vie.
L'ignorance d'accord avec l'orgueil jaloux ,
L'intrigue , à l'ame obscure , à l'œil cruel et doux ,
Prénant la fausse voix , l'air de la flatterie ,
S'élancent sur les pas de l'horrible furie.
Les Thuau , les Despaze , et jusqu'aux Duviquets (12)
Déjà de l'imposture embouchent les cornets.

Périgord en sourit , et Lavallée aboye (13) ;
Les dogues chamarés se jettent sur leur proie ;
Un petit avocat à peine émancipé ,
Un sénateur sans ame , à Rouen échappé ,
S'il a du bel esprit la jalouse manie ,
Intrigue , parle , écrit , dénonce , calomnie ,
En crimes odieux travestit les vertus :
Tous les traits sont lancés , tous les rets sont tendus.
On cabale au Palais , on ameute , on excite
Ces petits protecteurs , rampant et sans mérite ,
Ennemis des talens , des arts , des gens de bien ,
Et nommés députés , de peur de n'être rien.
« Un génie en ce jour ! Oh ! la nature avare
» N'accorde qu'en cent ans un bienfait aussi rare.
» Pour paraître a-t-il eu notre protection ?
» Il n'a ni notre cœur , ni notre opinion.
» Oui , c'est un factieux qui veut dans sa démence ,
» Ranimer les partis , bouleverser la France ;
» C'est l'ennemi mortel des impôts onéreux ;
» Il faut , il faut , dit-il , rendre le peuple heureux.
» Il prétend abaisser la dépense aux recettes ,
» Et sans l'impôt du sel payer toutes nos dettes.
» Il chérit , on le sait , la Constitution ,
» Et veut des sénateurs la libre élection.
» Nous l'avons entendu , d'une voix sacrilège ,
» Réclamer des journaux l'exclusif privilège ,
» Et vouloir des Français sous nos mains avilis ,
» Relever , en Brutus , les droits ensevelis.
» Tels sont, sans en douter , les vœux d'un anarchiste.
» Et qu'oserait de plus un noble royaliste ?
» Exiler ce génie est un trait vertueux.
» Que Memphis voie aussi si cet esprit si fameux ,

» Qu'il s'éloigne au plutôt de la terre où nous sommes,
» Qu'il aille méditer sur le sort des grands hommes,
» Qu'il y sache comme eux, régner, vivre et mourir ».

Un ministre, à ces mots, énivré de plaisir,
Propose des vaisseaux, voulant, par ce service,
Rendre à ses vœux secrets l'Angleterre propice,
Et par le prompt exil d'un vrai Républicain,
Purger en soi le nom d'infernal Jacobin.

— Hélas ! tristes jouets des passions serviles,
Et d'un Or corrupteur instrumens si dociles,
L'un par l'autre allumant vos haines, vos fureurs,
Vous créez, factieux, vos crimes, vos malheurs ;
Tandis que vos guerriers, gouvernant la victoire,
Remplissent l'Univers du bruit de votre gloire,
De vos maux intestins les tableaux déchirans·
Présagent à mon cœur des maux encor plus grands.

— Des vices de ce tems, sans art, sans imposture,
A vos yeux j'ai tracé la fidèle peinture :
Sans crainte, j'ai montré le crime triomphant,
Et dans la pauvreté le mérite expirant ;
Des palais somptueux la vertu repoussée,
Les talens sans appuis, et la raison chassée ;
Par d'infâmes brigands nos triomphes souillés,
Et de leurs droits conquis les Français dépouillés.
Mais croyez que bientôt, plus pure et plus brillante,
La Liberté, brisant sa chaîne humiliante,
A ses pieds foulera ses ennemis vaincus ;
Pour frapper un tyran, elle fait cent Brutus
Dans les murs de Paris, ainsi qu'aux bords du Tibre.

— Adieu, je reviendrai quand vous serez plus libre.

NOTES.

(1) Ce qu'il y eut de plus remarquable dans l'ambassade du lord Malmesbury, fut la visite qu'il rendit et qu'il fit rendre par tout Paris à madame Angot. Il reçut, *en compensation*, la douce visite de toutes les vertueuses femmes et filles de Paris, qui l'avaient déjà faite à l'ambassadeur Turc, dont on vante l'eau rose et les moustaches.

(2) Nous ne sommes pas assez profonds en diplomatie pour saisir le degré de vérité que renferment ces deux vers. Nous nous en référons au lecteur.

(3) Voilà la convention. Elle eut la destinée d'Hercule.

(4) L'auteur Russe ne sait donc pas qu'on dit *l'aigle Romaine, l'aigle Impériale ?*

(5) Peut-on faire aussi adroitement et avec plus de finesse l'éloge du courage, du désintéressement, des vertus des armées françaises, et la critique des petites vues, des tracasseries politiques, de la cupidité, de l'ambition, des actes machiavéliques des Cinq gouvernans de la République. Quel sens exquis pour un Russe ! Plus il élève les vainqueurs de l'Europe, plus il abaisse les individus qui s'approprient leurs victoires, et plus il humilie les individus boursouflés d'une vaine gloire, plus il rend hommage aux modestes guerriers qui ont conquis la gloire véritable et solide. Le respect des nations environne ceux-ci, le mépris universel accompagnera ceux-là, jusqu'au moment où les peuples ne sommeilleront plus. Cette note nous a été communiquée par un Cisalpin et un habitant de l'Helvétie. Quelques soient les réponses qu'y puissent faire tous les flatteurs journalistes, instituteurs, valets, députés, cuistres, ministres et autres, ma remarque n'en subsiste pas moins comme dit Dacier.

(6) Il n'appartient pas à un Moscovite , sujet d'un empereur qui ne régne que sur des neiges et des glaces, et qui met aux arrêts son fils âgé de 18 mois et sa nourrice , de venir faire , sous la douce influence de notre zone tempérée , la critique amère de nos fêtes nationales. Pour réparer ce tort qu'il a reconnu , il va publier dans huit jours un plan de fêtes. Il épargnera ce travail assidu , à plusieurs employés de l'instruction publique , lesquels refusent de s'en charger par pure modestie.

(7) Un ministre qui n'a que cinquante mille livres d'honoraires peut aisément , et doit sans honte perdre au 31 , dans une soirée , jusqu'à cinquante mille écus , et répéter cette action morale plusieurs fois dans un mois , sans que les affaires de l'état en aillent plus mal , et pour se procurer , par des voies honnêtes , cinq à six millions de bien. Heureux effet de ces tems de prospérité et de probité !

(8) Feseur du *Patriote Français*, cet animal , sans ame , croit marcher ; il rampe.

(9) Il paraît que le Russe Subwathékoff connaît les masques. Il leur à donné un sur-nom caractéristique , qui répand sur leurs personnes une obscurité défavorable. Je vais la corriger par un reflet de lumière. *Lecointe-Puyravaux* , député au 500 , bavard ignorant qu'il faut placer au premier rang des députés d'anti-chambre. Il se croit le premier dialecticien du conseil. *Pétitot* a fait en trois ans dix actes dramatiques , en vers de douze syllabes , ce qui forme en tout deux tragédies , sur lesquelles un mauvais plaisant m'a débité l'impromptu suivant , à la première scène du cinquième acte de sa dernière pièce.

> *Laurent de Médicis* vaut autant que *Géta* ,
> Que par terre , en l'an cinq , le parterre jetta.
> Si Laurent , en l'an sept , n'est pas jetté par terre ,
> Qu'on enchasse Despaze , et qu'on brûle Voltaire.

Lormian - Baour ou *Baour - Lormian*. Il a un grand malheur de commun avec Boileau. Quoiqu'il

4

âit, comme le satyrique, de puissantes raisons pour s'éloigner des femmes et en être repoussé ; d'un goût contraire au satyrique , il aime le Tasse et l'a traduit en vers français , ce que l'on ne sait pas encore en France , ni même en Italie. O ignorance ! *Baudin* député aux 250 et l'un des modernes 40. Ses opinions et ses rapports , un jour reliés , formeront un traité complet de morale , dans le goût des traités de la vieillesse , et de l'amitié et *naturâ deorum. Fantin Desodoars* a écrit deux gros volumes sur la révolution française. Ils ont déjà rejoint le père Maimbourg.

Palissot. Auteur de l'infâme comédie des Philosophes , dans laquelle ce vertueux et décent Ménandre fait marcher à quatre pattes l'auteur d'Emile et du Contrat-Social.

Si les places de membre au corps législatif se donnent à la méchanceté , à la perfidie , à la mauvaise foi , à l'hypocrisie , à la bassesse , à l'immoralité , à l'infâmie , à la lubricité , aux banqueroutiers , aux voleurs , à la scélératesse , personne n'en fut plus digne que Palissot. J'appuie cette vérité de quelques paragraphes extraits d'une pièce intitulée : *Les Quand* , adressés par Voltaire au S. Palissot. « Quand on se trouve assez mal organisé pour être insensible aux beautés des arts , et assez inepte pour ne pas entendre leur langue , on doit avoir assez de sens pour ne pas s'énorgueillir de son absurdité et de son ineptie , et on ne doit pas plaisanter les artistes , sous peine de ressembler à un nègre brut qui rit de tout ce qu'il voit , sans y rien comprendre.

» Quand on a emprunté plusieurs fois de l'argent à l'auteur de l'*Esprit* et qu'on lui en doit encore , on peut se dispenser de calomnier ses talens et son caractère ; et pour critiquer ses principes , il faudrait être capable de les entendre.

» Quand on est redevable de sa place d'académicien de Nancy à M. Rousseau de Genève , on ne doit pas le travestir avec impudence sur la scène ; si on n'a pas l'ame assez belle pour goûter le plaisir d'être reconnaissant , on doit au moins un hommage extérieur à cette vertu.

» Quand on a fait une banqueroute constatée et circonstanciée dans un mémoire imprimé, de l'auteur des *Cacouacs* ; quand on a fait plusieurs vols, ou secrets ou publics ; quand entr'autres, on a volé à ses associés leur part du privilége des gazettes étrangères, on ne doit pas faire dire à un valet qui vole son maître, je *deviens philosophe* : 1°. parce qu'on ne doit pas dire une bêtise ; 2°. parce qu'on ne parle pas de corde dans la maison d'un pendu.

» Quand on a prostitué sa femme à Nancy et à Paris, et qu'on l'a fait renfermer lorsqu'elle n'a plus été lucrative, on ne doit pas accuser les Philosophes de n'être ni amans ni maris. . . . .

» Quand on a poussé la lubricité . . . . la scélératesse. . . . . la plume me tombe des mains. Les parens de *Palissot* et ses amis, s'il en a, savent ce que je pourrais dire, et me trouveront bien modéré. . . . .

» Les gens légers trouveront ces notes trop sérieuses ; mais quand on dénonce à l'exécration publique un homme qui rompt les liens les plus sacrés de la société, on ne peut, et on ne doit pas même songer à être plaisant ».

Fabien-Pillet, rédacteur impartial et piquant de la partie dramatique du journal de Paris. C'est le plus grand épigrammatiste de France. Il s'est enterré lui-même dans son livre de la *Revue des auteurs vivans.*

Pipelet. Cette auteur a fait Sapho, opéra. Elle accouche de tems à autre de quelques épîtres en vers. . . . . . Mais respectons les femmes et leurs faiblesses.

Villiers, auteur d'un ex - journal intitulé : *Rapsodies*, condamné par la loi du 19 fructidor à la déportation. . . . . . chez la Montansier. Voici son portrait tracé par Chénier.

> Un faquin sans esprit, chansonnier des valets,
> De refreins d'anti-chambres habillant ses couplets,
> Compile lourdement de tristes facéties
> Qu'il orne avec raison du nom de Rapsodies.

Laya, *Ségur* etc. . . . . Oh dieux ! c'en est trop !

(10) *Larnac* a fait *Thémistocle*, tragédie inconnue, quoique vantée et jouée une fois par l'androgine Raucour.

Lucette travaille *à la petite poste de Paris*. Si son talent grandit, il surpassera Voltaire dans la poésie fugitive.

(11) *L'Institut* a remplacé l'Académie, *Thélusson* la Sorbonne.

(12) *Thuau*, depuis quatre ans, donne quotidiennement au peuple français, dans quatre pages de son journal le *Rédacteur*, la mesure de sa bassesse et de son plaisir à ployer sous toute espèce de joug. Tel maitre, tel valet. *Despaze*, autre Thersite, qu'un Thersite écraserait, a fait le *Fanal*, l'éloge des Cinq Hommes, et une épître sur le bonheur des sots. Chaque jour il en relit douze vers, rit, baille, se caresse, baille et s'endort dans son bonheur. *Duviquet*, propriétaire de l'*Ami des Lois*, journal qu'il affirme impudemment ne pas lui appartenir. Il a raison, car il n'a pas payé. Ce Duviquet est aux 500, ce qu'est Palissot aux 250. De commissionnaire au collège de Navarre, il est devenu député. Sixte Quint fut gardeur de porcs, Mahomet valet de chameaux. Ainsi perce le génie et prospèrent le mérite et la vertu.

(13) *Périgord*, ministre boiteux, qui montre à marcher à nos cinq Directeurs.

Lavallée. Patriote exagéré en 89, réactionnaire en 94, fesant les *Semaines Critiques*. C'est le teinturier, dit-on, de Barras. Ce Lavallée a aussi quelque ressemblance avec les grands hommes. Il fait avec son prétendu fils, ce que Socrate fesait à Alcibiade, Nicomède à César, Alexandre à Bagoas.